HÉSIODE ÉDITIONS

ARTHUR CONAN DOYLE

Le Pince-nez d'or

Hésiode éditions

© Hésiode éditions.

1 rue Honoré - 93500 Pantin.
ISBN 978-2-38512-162-4
Dépôt légal : Janvier 2023

Impression Books on Demand GmbH

In de Tarpen 42
22848 Norderstedt, Allemagne

Le Pince-nez d'or

En relisant les trois manuscrits qui résument nos aventures pendant l'année 1894, j'avoue qu'il m'est très difficile de préciser laquelle d'entre toutes est la plus intéressante et fait le plus d'honneur aux qualités qui ont consacré la réputation de mon ami. En tournant les feuillets, je revois successivement mes notes sur l'histoire de la Sangsue rouge, la Mort terrible du banquier Crosly, le Compte rendu du drame d'Addleton, la découverte singulière opérée dans un des vieux tumulus d'Angleterre, l'affaire concernant la fameuse succession de Smith Mortimer est de la même époque ainsi que l'arrestation de Huret, l'assassin du Boulevard, exploit qui valut à Holmes une lettre autographe du Président de la République française et la décoration de la Légion d'honneur.

Chacune de ces aventures pouvait être le sujet d'un récit captivant ; aucune, à mon avis, ne présente autant d'intérêt que l'épisode de Yoxley Old-Place, qui comprend, non seulement la mort tragique du jeune Willoughby Smith, mais les événements qui la suivirent.

Pendant une nuit de tempête de la fin de novembre, Holmes et moi étions restés assis toute la soirée en silence, lui déchiffrant, à l'aide d'une puissante loupe, un vieux palimpseste ; moi, étudiant un traité de chirurgie qui venait de paraître. Au dehors, le vent soufflait dans Baker Street et la pluie fouettait les vitres avec violence. Au milieu de cette capitale, œuvre gigantesque des humains, on entendait la voix puissante de la Nature et l'on sentait que les forces vives de ce Londres immense, comparées à celles de l'Univers, étaient comme une taupinière au milieu des champs. J'allai à la fenêtre et contemplai la rue déserte. Le gaz tombait à pic sur le macadam boueux et les trottoirs luisants. Un cab solitaire se dirigeait vers Oxford Street.

– Eh bien, Watson, nous avons de la chance de ne pas avoir à sortir ce soir, dit Holmes en abandonnant son étude. J'ai assez travaillé et j'ai la vue fatiguée. Je crois, d'ailleurs, qu'il ne s'agit que des comptes d'une abbaye qui remontent seulement à la seconde moitié du xve siècle ! Tiens,

tiens ! qu'est-ce cela ?

Au milieu du fracas de la tempête, nous venions d'entendre le bruit des sabots d'un cheval et le grincement d'une roue contre le trottoir. Le cab que j'avais aperçu s'était arrêté à notre porte.

– Que diable nous veut-il ? m'écriai-je voyant un homme en sortir.

– Ce qu'il veut ? Nous, certainement ; et il nous faudra, sans doute, prendre nos caoutchoucs, nos pardessus, nos foulards, tout ce que l'homme a inventé pour lutter contre les intempéries des saisons. Attendons un peu ! Voilà le cab qui s'éloigne… il y a de l'espoir. S'il avait eu besoin de nous emmener, l'homme n'eût pas manqué de le garder. Descendez vite, mon cher ami, et ouvrez la porte, car tous les gens vertueux sont au lit depuis longtemps.

Dans le vestibule, je reconnus de suite, à la lueur du gaz, notre visiteur nocturne : c'était le jeune Stanley Hopkins, un détective sur l'avenir duquel Holmes fondait les plus grandes espérances et auquel il avait plusieurs fois témoigné un vif intérêt.

– Est-il là ? demanda Hopkins à la femme de ménage.

– Montez, mon cher ami, dit la voix de Holmes. J'espère que vous ne voulez pas nous faire sortir par une nuit pareille ?

Le détective monta l'escalier, son imperméable ruisselait ; je l'aidai à le retirer, tandis que Holmes attisait le feu.

– Maintenant, mon cher Hopkins, approchez-vous et chauffez-vous les pieds. Voici un cigare et le docteur connaît une certaine recette d'eau chaude et de citron mélangés, qui constitue un excellent remède contre la pluie. Il faut que la chose en vaille la peine pour que vous soyez sorti ce soir, par un temps pareil ?

– Oui, vraiment, monsieur Holmes, j'ai eu une après-midi fort agitée, je vous le promets. Avez-vous lu dans les journaux du soir le compte rendu de l'affaire Yoxley ?

– Aujourd'hui, je n'ai pas poussé mes études plus loin que le xve siècle.

– C'est d'ailleurs un article très court et très mal rédigé, de sorte que vous n'avez rien perdu. Oui, j'ai eu fort à faire ! C'est dans le comté de Kent, à sept milles de Chatham, à trois milles du chemin de fer que la chose s'est passée. J'ai reçu un télégramme à trois heures quinze, et je suis arrivé à Yoxley Old-Place à cinq heures. J'ai fait mon enquête, suis rentré à la gare de Charing Cross par le dernier train, et me voici !

– Ce qui veut dire, sans doute, que cette affaire vous embarrasse ?

– Cela veut dire que je n'y vois ni queue ni tête. C'est peut-être l'affaire la plus compliquée que j'aie eu à démêler et pourtant, au début, elle paraissait d'une simplicité élémentaire. Je ne puis découvrir le mobile et c'est ce qui me gêne, monsieur Holmes… Il y a un cadavre, voilà ce qui est certain, mais je ne vois personne qui ait pu en vouloir à la victime ou ait eu intérêt à sa mort.

Holmes alluma un cigare et s'allongea dans son fauteuil.

– Racontez-nous tous les détails, dit-il.

– Voici les faits, dit Stanley Hopkins, nous chercherons ensuite les déductions à en tirer. Il y a quelques années, la propriété de Yoxley Old-Place a été louée par un homme d'un certain âge, qui a déclaré se nommer le professeur Coram. Sa santé chancelante l'oblige à garder le lit la moitié du temps… Il passe l'autre moitié à se promener autour de la propriété, traîné dans une petite voiture par son jardinier. Les quelques voisins avec lesquels il est en relations, l'ont vivement apprécié et le considèrent comme un savant. Le personnel de la maison se compose d'une femme de charge, un peu âgée, Mrs. Marker, et d'une femme de chambre, Suzanne Tarlton. Toutes les deux vivent avec lui depuis son arrivée dans le pays ; elles jouissent d'une excellente réputation. Le professeur travaille, en ce moment, à un ouvrage scientifique et, depuis l'année dernière, il a pris un secrétaire pour l'aider. Les deux premiers qu'il avait eus ne lui avaient pas convenu, mais le troisième, M. Willoughby Smith, jeune homme sorti depuis peu de l'Université, lui plaisait à tous égards. Il passait toutes les matinées à écrire, sous la dictée du professeur et les après-midi à chercher des documents pour le travail du lendemain. La conduite de Willoughby Smith n'a jamais donné lieu à aucune remarque ni à Yppingham, ni à Cambridge : j'ai vu ses certificats, il est toujours resté un jeune homme tranquille, travailleur ; il n'a eu aucune faiblesse. Et pourtant, c'est lui qui a trouvé la mort, ce matin, dans le cabinet du professeur, dans des circonstances qui indiquent qu'elle est le résultat d'un crime.

Le vent soufflait toujours avec violence ; Holmes et moi nous approchâmes du feu, tandis que le jeune détective nous fit lentement le récit suivant :

– Il serait difficile de trouver, en Angleterre, une demeure plus tranquille et sur laquelle les bruits du dehors exercent une moindre influence. Des semaines se passaient sans que personne en sortît. Le professeur ne s'occupait que de son ouvrage ; le jeune Smith ne connaissait personne dans les environs, il vivait comme son maître ; les deux femmes n'avaient rien qui leur fît désirer sortir de la maison ; Mortimer, le jardinier chargé de pousser la petite voiture, est un militaire retraité, un des survivants de la guerre de Crimée, un homme qui ne donne prise à aucun soupçon. Il n'habite, d'ailleurs, pas la maison, mais un cottage composé de trois pièces situé au fond du jardin. Tels sont les seuls habitants de Yoxley Old-Place. La grille du jardin est à environ une centaine de mètres de la route de Londres à Chatham ; elle ouvre au loquet ; il est donc facile de pénétrer dans le jardin.

Je vais vous rapporter, maintenant, la déclaration de Suzanne Tarlton, la seule personne qui sache quelque chose de certain dans cette affaire. Dans la matinée, entre onze heures et midi, elle était occupée à pendre des rideaux dans une chambre à coucher du premier étage. Le professeur Coram était encore au lit, car, lorsque le temps est mauvais, il se lève rarement avant midi ; sa femme de charge travaillait derrière la maison. Willoughby Smith était aussi dans sa chambre, qui lui sert de cabinet de travail. La bonne l'entendit traverser le vestibule, descendre l'escalier et entrer dans le cabinet du professeur, placé juste au-dessous de la pièce où elle se trouvait. Elle ne l'a pas vu, mais elle a parfaitement reconnu son pas rapide et ferme. Elle n'entendit pas la porte du cabinet se fermer ; mais, quelques instants plus tard, un cri terrible retentit dans cet appartement : un cri sauvage, étrange, qui pouvait aussi bien avoir été poussé par un homme que par une femme. Un bruit sourd lui succéda et tout rentra dans le silence. La bonne resta un moment pétrifiée, puis, recouvrant son sang-froid, elle descendit. La porte du cabinet était fermée ; elle l'ouvrit et aperçut, étendu sur le sol, le jeune Willoughby Smith. Au premier aspect, elle ne vit aucune blessure, mais quand elle essaya de le soulever, elle constata que le sang coulait à flots sous son cou, où une blessure très petite, mais très profonde, avait tranché l'artère carotide. L'instrument qui l'avait faite gisait sur le tapis, à côté de lui ; c'était un poinçon au manche d'ivoire, à la lame très pointue, qu'on rencontre souvent sur les bureaux d'autrefois et qui se trouvait constamment sur celui du professeur.

Tout d'abord, cette fille crut que le jeune Smith était mort, mais, quand elle lui eut jeté un peu d'eau fraîche sur le visage, il ouvrit un instant les yeux et murmura : « Le professeur... c'était ELLE ! » La bonne affirme, sous serment, que ce sont là ses propres paroles. Il fit un effort pour parler encore, puis il leva la main droite et retomba mort.

Pendant ce temps, la femme de charge arriva, mais trop tard pour entendre les dernières paroles du moribond. Elle laissa Suzanne auprès du cadavre et entra vivement dans la chambre du professeur, qu'elle trouva assis sur son lit, en proie à une vive agitation, car il avait dû en entendre assez pour comprendre que quelque chose de terrible était arrivé. Mrs. Marker est prête à jurer que le professeur était encore vêtu de ses effets de nuit. De plus, il lui était impossible de s'habiller sans l'aide de Mortimer qui ne devait venir qu'à midi. Le professeur a déclaré qu'il avait entendu le cri, mais rien de plus. Il ne peut donner aucune explication des dernières paroles du jeune homme : « Le professeur… c'était ELLE ! » mais il croit qu'elles ont dû être prononcées sous l'influence du délire. À son avis, Willoughby n'avait aucun ennemi et il ne peut attribuer aucun mobile à ce crime. Son premier acte a été d'envoyer son jardinier chercher la police et, quelque temps après, le constable m'a prié de venir. Rien n'avait été déplacé lors de mon arrivée et des ordres sévères avaient été donnés pour que personne ne marchât dans les sentiers conduisant à la maison. C'était une superbe occasion de mettre en pratique vos théories, monsieur Sherlock Holmes, rien ne manquait.

– Sauf moi-même ! dit mon ami avec un sourire, allons, racontez toujours. Qu'avez-vous fait ?

– Tout d'abord, monsieur Holmes, jetez un coup d'œil sur ce plan, qui vous donnera une idée générale de la situation du cabinet du professeur et des détails de l'affaire. Cela vous aidera à suivre mes investigations.

Il déroula un plan que je reproduis ici, et il le plaça sur les genoux de Holmes ; je me levai et le regardai par-dessus son épaule.

– C'est fait à la hâte et je n'y ai marqué que les points essentiels, vous verrez les détails plus tard, sur les lieux. Tout d'abord, supposons que l'assassin ait pénétré dans la maison. Par où est-il ou est-elle entré ? Sans doute par le sentier du jardin et par la porte de derrière, qui a directement accès dans le cabinet. Toute autre voie eût été plus compliquée. Il ou elle aura pris la fuite par le même chemin, car une des portes avait été fermée par Suzanne quand elle était descendue et l'autre conduit à la chambre du professeur. Je fis donc porter mes investigations sur le sentier du jardin. Il avait été détrempé par la pluie et je ne pus apercevoir aucune trace de pas.

J'ai compris que j'avais affaire à un criminel très habile et très prudent. S'il n'y avait pas de traces sur le sentier, tout au moins, je pus constater que le gazon le bordant avait été foulé, évidemment dans le but de ne pas laisser d'empreintes sur la terre. Je ne pus relever aucune trace bien nette, mais, comme il était certain qu'on avait passé là, je conclus que ce ne pouvait être que l'assassin, car ni le jardinier, ni aucune autre personne n'était venue de ce côté pendant la matinée et la pluie n'avait commencé à tomber que pendant la nuit.

– Un instant… dit Holmes. Où conduit ce sentier ?

– À la route.

– Quelle longueur a-t-il ?

– Une centaine de mètres, peut-être.

– À l'endroit où le sentier est coupé par la grille d'entrée, vous avez dû trouver des traces ?

– Malheureusement le sentier est pavé à cet endroit.

– Et sur la route ?

– Rien ; il n'y avait que de la boue.

– Tu ! tu ! tu !… et les traces de pas sur le gazon se dirigeaient-elles vers la maison ou en venaient-elles ?

– Impossible à déterminer.

– Était-ce un grand ou un petit pied ?

– Impossible également de préciser.

Holmes fit un mouvement d'impatience.

– Il pleut à verse depuis lors… ce sera plus difficile à déchiffrer que mon palimpseste. Allons, nous n'y pouvons rien ! Et après vous être rendu compte que vous n'aviez rien fait, qu'êtes-vous devenu ?

– Je crois bien m'être rendu compte de pas mal de choses, monsieur Holmes. Sachant que quelqu'un de l'extérieur était entré dans la maison, j'ai examiné le corridor, recouvert d'une natte grise, qui n'a conservé aucune trace de pas. Je suis ensuite entré dans le cabinet. C'est une pièce très nue, elle contient un bureau avec un pupitre. Ce bureau est surmonté, de chaque côté, de tiroirs séparés par une sorte d'étagère au milieu. Les tiroirs étaient ouverts, l'étagère fermée à clef. Il paraît, d'ailleurs, que ceux-ci n'étaient pas fermés, car on n'y plaçait jamais aucune valeur. L'étagère centrale contenait des papiers importants, mais ne portait aucune trace d'effraction, et le professeur m'a affirmé qu'il ne manquait rien. Il est donc indiscutable qu'aucun vol n'a été commis. Le cadavre du jeune homme était étendu à gauche du bureau, au point indiqué sur le plan. La blessure intéressait le côté droit et postérieur du cou ; il est donc impossible de songer à un suicide.

– À moins que le jeune homme ait fait une chute !

— J'y ai bien pensé, mais le poinçon était à terre assez loin du cadavre ; il faut donc écarter cette hypothèse… Nous avons d'ailleurs les dernières paroles prononcées par la victime. Enfin nous avons trouvé, dans sa main droite, crispée, cette pièce à conviction qui ne manque pas d'importance.

Stanley Hopkins tira de sa poche un petit paquet qu'il défit et nous montra un pince-nez en or, auquel pendaient encore les deux bouts brisés d'un cordon de soie noire.

— Willoughby Smith avait la vue excellente, il n'est pas douteux qu'il a arraché cet objet à son assassin !

Sherlock Holmes s'empara du lorgnon et l'examina avec la plus grande attention, le mit sur son nez, essaya de lire avec, alla à la fenêtre et regarda la rue, le plaça sous la lampe pour mieux le voir et enfin, avec un sourire de satisfaction, s'assit à la table et écrivit quelques lignes sur une feuille de papier qu'il lança à Stanley Hopkins.

— Voilà tout ce que je peux faire pour vous ; tâchez d'en tirer parti !

Le détective, étonné, lut tout haut ce qui suit :

« Il faut chercher une femme bien vêtue, au nez très gros, aux yeux très rapprochés l'un de l'autre, clignotants, au front très ridé ; ses épaules sont sans doute voûtées, et à deux reprises différentes au moins, elle a dû avoir recours aux soins d'un opticien. Comme les verres du pince-nez sont très forts et que les opticiens sont assez rares, il ne sera sans doute pas difficile de la retrouver. »

Holmes sourit de la stupéfaction peinte sur les traits d'Hopkins.

— C'est excessivement simple, dit-il, et il est même difficile de trouver un objet pouvant donner sur celui qui s'en sert des détails plus précis.

Le lorgnon est si élégant qu'il dénote une femme... ce qui, d'ailleurs, concorde absolument avec les dernières paroles du jeune homme. La monture en or indique, à ne pas en douter, que la personne est d'un certain monde. L'écartement des pinces est trop large pour un nez moyen, ce qui établit que celui de cette femme est gros à la base ; si je ne m'en rapportais qu'à l'expérience, je pourrais même affirmer que ces sortes de nez sont courts et grossiers, mais il est inutile d'aller jusque-là. Mon visage est très étroit, et pourtant je ne puis placer le lorgnon de manière à ce que ma pupille soit en face du centre de chacun des verres. J'en déduis que les yeux de cette femme sont très rapprochés de son nez. Les verres sont extraordinairement concaves. Une femme aussi myope a, sûrement, les signes physiques de ces sortes de vues qui se caractérisent dans les plis du front, des paupières, dans l'arrondissement des épaules.

– Oui, dis-je à mon tour, je suis chacune de vos déductions ; j'avoue cependant que je n'ai pu comprendre comment vous avez découvert la double visite de l'opticien.

Holmes reprit les verres dans sa main.

– Le ressort est doublé de bandes de lièges afin d'en adoucir la pression. L'une d'elles est légèrement décolorée, tandis que l'autre est toute neuve. Évidemment, depuis peu de temps, cette dernière a été remplacée. Je crois même que la plus ancienne n'a pas été posée depuis longtemps ; quelques mois, tout au plus. Comme toutes les deux sont identiquement semblables, je pense que la dame a dû s'adresser au même magasin.

– C'est merveilleux ! s'écria Hopkins au comble de l'admiration, et penser que j'ai eu tout cela entre mes mains et que je n'ai rien deviné ! J'avais cependant l'intention de voir tous les opticiens de Londres.

– Naturellement ! En attendant, avez-vous autre chose à nous raconter sur cette affaire ?

– Rien, monsieur Holmes ; je crois que vous en savez aussi long que moi maintenant. Nous avons fait rechercher si l'on avait vu des étrangers descendre de la gare ou passer sur la route ; ces investigations sont restées infructueuses. Ce qui m'étonne, c'est le défaut de mobile du crime... il est difficile d'en trouver l'ombre d'un !

– Là, je ne puis vous aider ; je pense toutefois que vous désirez que nous allions là-bas demain ?

– Oui, si ce n'est pas abuser, monsieur Holmes. Il y a un train pour Chatham à six heures du matin. Nous arriverons à Yoxley Old-Place entre huit et neuf.

– Nous le prendrons ; votre affaire est intéressante, et cela me fera plaisir de l'examiner dans tous ses détails. Il est près d'une heure du matin, nous ferons bien de dormir un peu. Étendez-vous donc sur le sofa devant le feu ; j'allumerai mon réchaud à alcool et nous prendrons un peu de café avant de partir.

La tempête s'était apaisée. Le lendemain, par une matinée très froide, nous nous mîmes en route. Le soleil éteint de l'hiver brillait sur les marais bordant la Tamise et sur la rivière elle-même. Après un trajet long et fatigant, nous descendîmes à une petite station distante de quelques milles de Chatham. Tandis qu'on attelait pour nous une voiture à l'auberge la plus proche, nous déjeunâmes sur le pouce, et nous fûmes prêts au travail quand nous arrivâmes à Yoxley Old-Place. Nous trouvâmes un agent auprès de la grille.

– Eh bien, Wilson, y a-t-il du nouveau ? demanda Hopkins.

– Non, monsieur.

– On n'a vu aucun étranger au pays ?

– Non, monsieur ; il résulte de l'enquête faite à la gare qu'aucun étranger n'est venu ni parti hier.

– Avez-vous fait des recherches dans les auberges et les garnis ?

– Oui, monsieur, mais sans résultat.

– Allons, la distance est très courte d'ici à Chatham, et on a pu facilement prendre le train dans cette ville sans être remarqué. Voici le sentier du jardin dont je vous ai parlé, monsieur Holmes. Hier, j'en suis sûr, il n'y avait aucune trace de pas.

– De quel côté étaient les empreintes sur le gazon ?

– De ce côté-ci, monsieur, sur cette étroite bande qui se trouve entre le sentier et les corbeilles de fleurs. Je ne vois plus les traces maintenant, mais elles étaient alors très visibles.

– Oui, oui, quelqu'un est passé par là, dit Holmes en se penchant sur le gazon. La dame en question a dû y marcher avec beaucoup de précautions, sans quoi, elle n'eût pas manqué de laisser des marques, soit sur le sentier, soit sur la corbeille.

– Oui, elle n'a pas manqué de sang-froid !

Je remarquai, sur le visage de Holmes, une expression fugitive.

– Vous dites qu'elle a dû revenir par le même chemin ?

– Oui, monsieur ; il n'y en a pas d'autre.

– En suivant cette bande de gazon ?

– Certainement, monsieur Holmes.

– Hum ! voici quelque chose de bizarre !... Je crois que nous avons suffisamment examiné le sentier. Allons plus loin. Cette porte donnant sur le jardin est constamment ouverte, n'est-ce pas ? La femme que nous recherchons n'a donc éprouvé aucune difficulté pour entrer. L'idée de meurtre ne devait pas être arrêtée dans son esprit, car elle n'eût pas manqué de se munir d'une arme quelconque, tandis qu'elle s'est servie du poinçon placé sur le bureau. Elle a traversé le corridor sans laisser aucune trace sur la natte, puis elle a pénétré dans le cabinet. Combien de temps y est-elle restée ?... c'est impossible de le déterminer.

– Peu d'instants, certainement. J'ai oublié de vous dire que Mrs. Marker, la femme de charge, était, un quart d'heure auparavant, occupée précisément à ranger l'appartement.

– Cela nous fixe une limite. La dame entre donc dans cette pièce. Qu'y fait-elle ? Elle se dirige vers le bureau. Pourquoi ? Ce n'était pas dans le but de prendre quelque chose dans les tiroirs, car ils ne contenaient aucun objet de valeur, puisqu'ils n'étaient pas fermés à clef. C'est à l'étagère sans doute qu'elle en voulait... Mais quelle est donc cette rayure sur le vernis ? Craquez donc une allumette, Watson ! Pourquoi ne m'avez-vous pas parlé de ceci, Hopkins ?

La rayure qu'il examinait commençait sur le cuivre de la serrure du côté droit et s'étendait sur le vernis.

– Je l'ai bien remarquée, monsieur Holmes, mais il n'est pas rare de trouver des rayures autour d'une serrure.

– C'est vrai, mais celle-ci est toute récente. Voyez comme le cuivre brille à l'endroit où il a été touché. Une rayure ancienne serait de la même couleur que la surface. Voyez à la loupe. Le vernis a encore des éclats comme la terre soulevée de chaque côté d'un sillon. Mrs. Marker est-elle ici ?

Une femme âgée, au visage triste, entra dans la pièce.

– Avez-vous épousseté ce meuble hier matin ?

– Oui, monsieur.

– Avez-vous remarqué cette rayure ?

– Non, monsieur.

– J'en suis bien convaincu, car votre linge eût enlevé les éclats du vernis. Qui a la clé de ce meuble ?

– Le professeur la garde toujours attachée à sa clef de montre.

– Est-ce une clef ordinaire ?

– Non, c'est une clef de Chubb.

– Très bien, vous pouvez vous retirer, Mrs. Marker. Nous commençons à faire des progrès. La dame est donc entrée dans la pièce pour ouvrir l'étagère, ou tout au moins pour essayer de l'ouvrir. Pendant qu'elle se livrait à cette occupation, le jeune Willoughby Smith est entré. Dans son empressement à retirer la clef, elle a fait la rayure en question. Il a alors saisi la femme et elle, s'armant de ce poinçon qui était à sa portée, l'en a frappé dans le but de lui faire lâcher prise. C'est ce coup qui a entraîné la mort. Le jeune homme est tombé, et elle s'est enfuie, emportant ou non l'objet qu'elle était venue chercher. Suzanne Tarlton est-elle ici ?

La jeune fille entra.

– Est-il possible que quelqu'un ait pu s'enfuir par cette porte après le cri que vous avez entendu ?

– Non, monsieur, c'est impossible. En descendant l'escalier, je l'aurais aperçu dans le corridor. D'ailleurs, si la porte avait été ouverte, j'aurais tout entendu.

– Voilà qui nous fixe sur la sortie de ce côté. Alors la dame a dû s'enfuir par où elle était venue. Cet autre corridor conduit, m'avez-vous dit, à la chambre du professeur ? Il n'y a pas d'autres sorties par là ?

– Non, monsieur.

– Nous allons donc voir le professeur… Tiens, Hopkins, voilà quelque chose de très important : le corridor du professeur est également recouvert d'une natte.

– Eh bien, monsieur ?

– Vous ne voyez pas l'importance de ce fait ?… Allons, je n'insiste pas. Peut-être ai-je tort, mais cela me donne une idée bien concluante ; allons, venez avec moi et présentez-moi.

Nous descendîmes un corridor de la même largeur que celui conduisant au jardin. À l'extrémité se trouvait un petit escalier donnant sur une porte. Notre guide frappa, et nous pénétrâmes dans la chambre du professeur.

C'était une grande pièce pleine de livres qui, trop nombreux pour être renfermés dans les bibliothèques, étaient empilés dans les coins. Le lit se trouvait au centre et, appuyé sur les oreillers, se tenait le propriétaire de la maison. J'ai rarement vu un homme plus extraordinaire. Son visage maigre au nez aquilin, se tourna vers nous, ses yeux bruns et perçants nous examinèrent longuement. Ses cheveux et sa barbe étaient blancs, mais autour de sa bouche, cette dernière était jaunie. La lueur d'une cigarette brillait à ses lèvres, et l'atmosphère était imprégné de l'odeur du tabac. Il tendit la main vers Holmes, et je pus remarquer que ses doigts étaient noirs de nicotine.

– Je suis un grand fumeur, monsieur Holmes, dit-il dans un anglais très correct, mais avec un léger accent étranger. Prenez donc une cigarette… vous aussi, monsieur. Je vous les recommande tout particulièrement, car je les fais fabriquer spécialement pour mon usage par Ionides, d'Alexandrie. Je m'en fais envoyer un mille à la fois, et je dois avouer qu'il m'en fait un envoi tous les quinze jours. C'est malsain, très malsain, je le sais, mais un vieillard a peu de plaisirs : le tabac et mon travail, voilà tout ce qui me reste !

Holmes avait allumé une cigarette et regardait avec soin l'appartement.

– Le tabac et mon travail ! maintenant, je n'ai plus que le tabac ! murmura le vieillard. Hélas ; quelle malheureuse affaire ! Qui eût pu prévoir une catastrophe aussi terrible ? Un jeune homme aussi estimable, dans lequel, au bout de quelques mois, j'avais trouvé un collaborateur admirable ! Que pensez-vous de cette affaire, monsieur Holmes ?

– Je ne suis pas encore fixé.

– Je vous serai très reconnaissant si vous arriviez à l'élucider. Un coup aussi inattendu ne peut que paralyser un vieux bouquiniste comme moi. Il me semble que j'ai perdu la faculté de penser, mais vous, vous êtes un homme d'action et cette affaire fait partie de votre profession. Vous pouvez garder votre sang-froid, vous ! Ah ! nous sommes bien heureux d'avoir votre précieux concours !

Holmes, tandis que parlait le vieux professeur, marchait de long en large dans la pièce. Je remarquai qu'il fumait avec une rapidité extraordinaire ; il était évident qu'il partageait le goût du vieillard pour les cigarettes d'Alexandrie.

– Oui, monsieur, c'est un coup terrible pour moi, continua celui-ci ; voilà l'œuvre de ma vie sur cette table. C'est une analyse des documents découverts dans les monastères Cophtes de Syrie et d'Égypte ; c'est un travail qui est appelé à renverser toute révélation religieuse. Avec ma santé compromise, je crains bien de ne pouvoir l'achever maintenant que voilà mon collaborateur disparu. Mais vraiment, monsieur Holmes, vous fumez encore plus vite que moi !

Holmes sourit.

– Je suis un connaisseur, dit-il, tout en prenant dans la boîte une quatrième cigarette et en l'allumant à celle qu'il venait de terminer. Je ne vous fatiguerai pas par beaucoup de questions, continua-t-il, car j'ai appris que vous étiez au lit au moment du crime et que vous ne savez rien ; je vous demanderai seulement ce que vous pouvez penser des dernières paroles prononcées par ce pauvre garçon : « Le professeur… c'était elle » ?

Le professeur secoua la tête.

– Suzanne est une paysanne et vous connaissez la stupidité de ses pareils. À mon avis, le pauvre diable a prononcé quelques paroles dans un accès de délire et elle en a tiré cette phrase qui n'a pas de sens.

– Je comprends, vous ne pouvez me donner aucune explication de ce drame…

– C'est peut-être un accident… peut-être, je le dis entre nous, un suicide. Les jeunes gens ont parfois des douleurs cachées… une affaire de cœur que nous ignorons. C'est toujours là une hypothèse plus vraisemblable que celle d'un meurtre.

– Mais le lorgnon ?

– Ah ! je ne suis qu'un rêveur ! je ne peux expliquer les choses pratiques de la vie… peut-être pourtant lui rappelait-il une personne aimée… Prenez donc une autre cigarette, c'est un plaisir d'avoir affaire à un amateur comme vous… oui, les jeunes gens gardent parfois comme souvenirs un éventail, un gant, un lorgnon !… Qui peut prévoir l'objet qu'on gardera comme un trésor jusqu'à la fin de sa vie ?… Votre ami, là-bas, m'a parlé de traces de pas sur le gazon… il est facile de se tromper sur ce point. Quant au poinçon, il a très bien pu le jeter loin de lui en tombant. Je parle peut-être comme un enfant, mais, à mon avis, il est facile d'admettre que c'est Smith lui-même qui s'est donné la mort.

Holmes parut frappé de cette hypothèse et continua à marcher de long en large pendant quelque temps, perdu dans sa rêverie, tout en fumant des cigarettes.

– Dites-moi, monsieur le professeur, dit-il enfin, que renfermait l'étagère de votre bureau ?

– Rien qui pût être utile à un voleur… des papiers de famille, des lettres de ma pauvre femme, des diplômes des Universités que j'ai eu l'honneur de recevoir ; voici la clef, voyez par vous-même !

Holmes prit la clef, l'examina un instant et la remit.

– Non, je crois qu'elle ne peut m'être d'aucun secours. Je préfère faire un tour de jardin et me recueillir un instant. Votre hypothèse d'un suicide doit être envisagée. Excusez-nous, monsieur le professeur, du dérangement que nous vous avons causé, nous ne reviendrons qu'après déjeuner. Nous rentrerons à deux heures et nous vous donnerons, s'il y a lieu, de nouveaux détails.

Nous reprîmes, silencieux, le sentier du jardin, Holmes paraissait distrait.

– Avez-vous de nouveaux indices ? demandai-je enfin.

– Tout dépendra des cigarettes que j'ai fumées. Je puis me tromper ; les cigarettes me l'indiqueront.

– Mon cher Holmes ! fis-je, comment ?...

– Vous le verrez par vous-même. S'il n'y a rien, cela n'aura d'importance. Il nous restera toujours les recherches chez l'opticien, qui pourront donner un résultat, mais quand je le puis, je coupe au plus court. Ah ! voici cette brave Mrs. Maker, causons donc cinq minutes avec elle.

J'ai déjà peut-être dit que Holmes savait capter la confiance des femmes. En peu de temps, il ne tarda pas à obtenir celle de la femme de charge et se mit à parler avec elle comme s'il la connaissait depuis de longues années.

– Oui, monsieur Holmes, disait celle-ci, il fume d'une façon terrible toute la journée, parfois même toute la nuit. Je suis entrée quelquefois dans sa chambre le matin : on se serait cru au milieu d'un de ces brouillards de Londres. Ce pauvre Smith était, lui aussi, un fumeur, mais il n'approchait pas du professeur. Je ne sais si cela est nuisible à sa santé.

– Ah ! dit Holmes, cela doit lui couper l'appétit ?

– Je n'en sais rien.

– Allez, je suis bien sûr qu'il ne doit rien manger.

– Son appétit est assez variable.

– Je parie qu'il n'a pas déjeuné ce matin et qu'il lui sera impossible de luncher après toutes les cigarettes que je lui ai vu fumer.

– Vous vous trompez, car il a fort bien déjeuné ce matin ; je l'ai même rarement vu manger de si bon appétit et il a commandé des côtelettes pour le lunch. J'en suis étonnée moi-même, car, depuis que j'ai vu le cadavre de ce pauvre M. Smith, je n'ai pu rien prendre. Enfin, cela dépend des natures ; le professeur lui, n'en a pas perdu le boire et le manger.

Nous passâmes la matinée dans le jardin ; Stanley Hopkins était parti dans le village faire une enquête sur la présence d'une femme étrangère, qui avait été vue, la veille au matin, par des enfants sur la route de Chatham. Quant à mon ami, son énergie paraissait l'avoir abandonné et je ne l'ai jamais vu traiter une affaire avec plus d'indifférence. La nouvelle apportée par Hopkins qu'il avait découvert les enfants, que le signalement de la femme correspondait exactement à celui donné par Holmes et que celle-ci portait des lunettes ou un lorgnon, ne parut pas l'intéresser outre mesure. Il fit plus d'attention lorsque Suzanne, qui servait à table, nous apprit que M. Smith était sorti se promener dans la matinée et n'était rentré qu'une demi-heure avant le drame. Je ne voyais nullement l'importance de cet incident, mais je me rendis compte qu'il avait une place marquée dans le plan que Holmes avait tracé dans son esprit. Tout à coup, il bondit sur sa chaise en regardant sa montre.

– Il est deux heures, messieurs, dit-il, nous allons monter chez notre ami, le professeur.

Le vieillard venait de terminer son repas et son assiette, vide, témoignait de l'appétit que lui avait attribué sa femme de charge. Son visage avait une expression étrange quand il se tourna vers nous, ayant aux lèvres son éternelle cigarette. Il était maintenant habillé et assis dans un fauteuil, auprès du feu.

– Eh bien, monsieur Holmes, avez-vous trouvé la clef du mystère ?

Et il avança vers mon ami la boîte de cigarettes. Holmes allongea la main et renversa cette boîte. Nous nous mîmes tous à genoux pour ramasser les cigarettes. Quand nous nous relevâmes, je vis que les yeux de Holmes brillaient et que ses joues étaient devenues rouges, telles que je les voyais d'habitude quand il approchait d'un dénouement prévu à l'avance.

– Oui, dit-il, je l'ai trouvée !

Stanley Hopkins et moi-même le regardâmes d'un air étonné. Un sourire de mépris passa sur les traits du professeur.

– Vraiment, dans le jardin ?

– Non, ici.

– Ici ?… mais quand ?

– À l'instant même.

– Vous plaisantez, monsieur Sherlock Holmes, et l'affaire est trop grave pour prêter à la plaisanterie.

– J'ai forgé tous les anneaux de ma chaîne, professeur Coram, et je suis sûr de sa solidité. Quelle est votre part en tout ceci ? quel rôle avez-vous joué ? je ne puis encore le dire ; dans quelques instants, sans doute, c'est vous qui me le ferez connaître. En attendant, je vais vous reconstituer le passé et vous verrez ce qui me reste à apprendre :

Une dame est entrée, hier, dans votre cabinet avec l'intention de s'emparer de certains documents renfermés dans votre bureau. Elle en avait la clef, j'ai vu la vôtre et je n'y trouve pas d'éraflure. Vous n'étiez donc pas son complice et elle a dû venir vous voler sans que vous l'ayez su.

Le professeur tira une bouffée de sa cigarette.

– Ceci est très intéressant et très instructif, dit-il. N'avez-vous rien à ajouter ? Puisque vous avez suivi les traces de cette femme, il ne doit pas vous être difficile de nous dire ce qu'elle est devenue.

– C'est ce que je vais essayer. Tout d'abord, votre secrétaire l'a saisie, elle l'a poignardé pour pouvoir prendre la fuite. Je suis convaincu que cette femme n'avait aucune intention homicide, car un assassin ne vient pas sans arme. Effrayée de l'acte qu'elle avait commis, elle s'est enfuie aussitôt du théâtre du crime. Malheureusement pour elle, elle avait perdu son lorgnon dans la lutte, et, comme elle est extrêmement myope, elle se trouva toute désorientée. Elle suivit le corridor, croyant se trouver dans celui par lequel elle était arrivée. Tous les deux, vous le savez, sont recouverts de nattes. Elle comprit trop tard son erreur et se rendit compte que la retraite était coupée. Que pouvait-elle faire ? Impossible de retourner sur ses pas, impossible de rester là ! Il fallait avancer. C'est ce qu'elle fit ; elle monta l'escalier, poussa la porte et se trouva dans votre chambre.

Le vieillard regardait Holmes, les yeux agrandis, la bouche ouverte ; l'étonnement était peint sur ses traits ; il fit un effort sur lui-même, haussa les épaules et se mit à rire.

– Tout cela est très bien, monsieur Holmes, dit-il, mais il y a une petite erreur dans votre système, car j'étais moi-même dans cette chambre et je ne l'ai pas quittée de la journée.

– Je le sais, professeur Coram.

– Et vous insinuez cependant que j'ai pu rester au lit sans savoir qu'une femme était dans ma chambre ?

– Je n'ai pas dit cela... Vous le saviez, au contraire, vous avez même causé avec elle, vous l'avez reconnue et vous lui avez procuré une cachette.

De nouveau le professeur s'était mis à rire, il s'était levé et ses yeux brillaient comme des torches.

– Vous êtes fou ! s'écria-t-il, vous parlez comme un fou ! Si je l'ai cachée, où donc est-elle, maintenant ?

– Elle est là ! dit Holmes en désignant un placard qui se trouvait dans un des coins de la pièce.

Je vis le vieillard lever les bras en l'air et retomber sur son fauteuil avec un mouvement convulsif. Au même instant, le placard s'ouvrit et une femme parut dans la chambre.

– Vous avez raison ! s'écria-t-elle avec un accent étranger, me voici !

Elle était grise de poussière, ses vêtements étaient couverts de toiles d'araignée, son visage était souillé ; elle n'avait jamais dû être belle, car elle avait bien le physique que Holmes avait deviné. Sa myopie et le passage de l'obscurité à la lumière, lui firent clignoter des yeux dans le but de s'assurer où elle était et avec qui elle se trouvait. Malgré tout, il y avait, dans l'attitude de cette femme, une certaine noblesse ; dans son maintien, une certaine grandeur qui commandaient le respect et l'admiration. Stanley Hopkins lui posa la main sur le bras et la réclama comme sa prisonnière ; elle le repoussa doucement, avec une dignité qui l'obligea à obéir. Le vieillard était allongé dans son fauteuil et la contemplait, affaissé.

– Oui, messieurs, je suis votre prisonnière, dit-elle. J'ai tout entendu et j'ai compris que vous aviez découvert la vérité. Je l'avoue, c'est moi qui ai tué ce jeune homme, mais vous avez raison de croire que c'est par accident. Je ne savais même pas que c'était un poinçon dont je me servais pour le frapper. J'avais pris sur le bureau le premier objet qui m'était tombé sous la main. C'est la vérité et je vous le jure !

– Je le sais, madame, dit Holmes… mais vous paraissez souffrante.

La pauvre femme était devenue livide sous la poussière qui couvrait son visage. Elle s'assit au pied du lit et continua :

– J'ai peu de temps à rester ici, mais je dois vous dire tout. Je suis la femme de cet homme, il n'est pas Anglais, mais Russe, il est inutile de vous dire son nom.

Pour la première fois, le vieillard tressaillit.

– Que Dieu vous protège, Anna ! que Dieu vous bénisse !

Elle lui lança un regard empreint du plus profond mépris.

– Pourquoi tenez-vous tant à votre misérable vie, Serge ? dit-elle. Vous avez fait du mal à nombre de gens et du bien à personne, pas même à vous. Pourtant ce n'est pas à moi à couper le fil de vos jours avant que Dieu le veuille ; j'ai, moi-même, un poids assez lourd sur la conscience depuis que j'ai franchi le seuil de cette maison maudite. Mais il faut que je parle ou ce sera trop tard.

Je vous ai dit, monsieur, que j'étais la femme de cet homme, ajouta-t-elle en s'adressant à Holmes. Il avait cinquante ans et moi j'en avais à peine vingt quand nous nous sommes mariés. Notre mariage eut lieu dans une ville universitaire de Russie que je ne nommerai pas.

– Que Dieu vous protège, Anna ! dit de nouveau le vieillard.

– Nous étions des réformateurs, des révolutionnaires, en un mot des nihilistes lui et moi, et bien d'autres. Puis, au milieu d'une émeute, un officier de police fut tué, beaucoup d'entre nous furent arrêtés, mais les preuves manquaient. Alors, pour avoir la vie sauve et gagner une grosse somme, mon mari trahit sa femme et ses amis. Ce fut à la suite de ses aveux que nous fûmes tous arrêtés. Beaucoup des nôtres furent pendus, d'autres envoyés en Sibérie. Je fus de ces derniers, mais seulement condamnée à temps. Mon mari, emportant son bien mal acquis, passa en Angleterre, et il y vécut tranquille, sachant fort bien que si les Frères savaient où il se cachait, une semaine ne se passerait pas sans que l'œuvre de justice ne s'accomplît.

Le vieillard saisit une cigarette d'une main tremblante.

– Je suis entre vos mains, Anna… Vous avez toujours été bonne pour moi…

– Je ne vous ai pas encore fait connaître toute sa lâcheté. Parmi nos camarades, il y en avait un qui était l'ami de mon cœur. C'était un noble caractère, ayant toutes les qualités qui manquaient à mon mari. Il détestait tout acte de violence. Nous étions tous coupables aux yeux de la loi, lui seul ne l'était pas. Il nous écrivait sans cesse pour nous dissuader d'agir illégalement ; ses lettres auraient pu le sauver, ainsi que mon journal où, jour par jour, j'écrivais ses pensées et nos actions. Mon mari trouva le journal et les lettres, les conserva par-devers lui, les cacha et fit tous ses efforts pour faire pendre ce jeune homme. Il ne put réussir, mais Alexis fut envoyé comme forçat en Sibérie où il travaille dans une mine de sel. Oui, pensez à cela, lâche que vous êtes ! En ce moment même, Alexis, cet homme dont vous n'êtes pas digne de prononcer le nom, vit et travaille comme un esclave et moi, je tiens votre vie entre mes mains et je vous laisse vivre !

– Vous avez toujours été une noble femme, Anna ! dit le vieillard continuant à fumer.

Elle se leva et retomba aussitôt avec un cri de douleur.

– Il faut que je termine mon récit, dit-elle. Quand ma peine fut terminée, je recherchai mon journal et les lettres qui, envoyées au gouvernement russe, feront rendre la liberté à mon ami. Je savais que mon mari était en Angleterre, et, après de longs mois, j'ai pu découvrir sa retraite. Je savais qu'il avait toujours mon journal car, pendant mon séjour en Sibérie, il m'avait écrit des lettres de reproches dans lesquelles il m'en citait des passages. J'étais sûre, cependant, que jamais il ne consentirait à me le rendre ; c'était donc à moi de savoir me le procurer. Je réussis à faire entrer chez mon mari en qualité de secrétaire un agent secret. Ce fut votre second secrétaire, Serge, celui qui vous quitta si précipitamment. Il parvint à découvrir que les papiers étaient renfermés dans l'étagère du bureau et put prendre l'empreinte de la serrure, mais il ne voulut pas aller plus loin. Il me fournit cependant un plan de la maison et m'apprit que pendant la matinée le cabinet de travail était toujours inoccupé. Je pris mon courage à deux mains, et je vins dans le but de reprendre ces papiers. J'ai réussi, mais à quel prix !

Je venais de les prendre et je refermais l'étagère quand le jeune homme me saisit. Je l'avais déjà vu dans la matinée et je lui avais demandé où habitait le professeur Coram, ignorant qu'il était son secrétaire.

– C'est bien cela ! dit Holmes. Le secrétaire à son retour a parlé à celui-ci de la femme qu'il avait rencontrée, et ses dernières paroles faisaient allusion à celle qu'il avait vue le matin même…

– Laissez-moi parler, dit la femme d'une voix brève (et son visage se contracta sous l'empire de la douleur). Quand il est tombé, je me suis enfuie et, me trompant de porte, je me suis trouvée dans la chambre de mon mari. Il m'a déclaré qu'il allait me dénoncer. Je lui ai démontré que, s'il le faisait, sa vie serait entre mes mains, et que, s'il me livrait à la justice, je le livrerais à nos vengeurs. Ce n'est pas parce que je désirais la vie, mais parce que je voulais accomplir l'œuvre que je m'étais donnée pour but ; il savait que ce que je disais je le ferais, et que son sort suivrait le mien. C'est pour ce motif unique qu'il m'a cachée. Il me dissimula dans ce placard connu de lui seul, et prit ses repas dans sa chambre, afin de me faire partager sa nourriture. Il était entendu que lorsque la police aurait quitté la maison je disparaîtrais pour toujours. Vous avez deviné nos plans.

Elle sortit de son corsage un petit paquet.

– Voici mes dernières paroles, dit-elle, voici le paquet qui sauvera Alexis, je le confie à votre honneur et à votre amour de la justice. Prenez-le et remettez-le à l'ambassade de Russie ; maintenant, j'ai accompli mon devoir et…

– Empêchez-la, s'écria Holmes qui, traversant la pièce, lui arracha des mains un petit flacon.

– Trop tard, dit-elle en tombant sur le lit, trop tard ! j'ai pris le poison avant de quitter ma cachette !… La tête me tourne… je meurs !… N'oubliez pas ce paquet !…

– Cette affaire est simple et instructive, dit Holmes, tandis que nous rentrions à Londres par le chemin de fer. Depuis le début, le pince-nez en a été le pivot. Il est très heureux que le moribond ait eu le temps de le saisir ; sans cela, nous n'aurions peut-être jamais trouvé la solution. Il était évident, d'après la force des verres, que la personne qui les portait était très myope et ne pouvait rien voir si elle en était privée ; quand vous m'avez demandé, Hopkins, de croire qu'elle était revenue en suivant, sans faire un faux pas, cette étroite bande de gazon, vous vous rappelez que j'ai témoigné un vif étonnement. En moi-même, je me suis dit que c'était impossible, à moins qu'elle n'eût en sa possession – chose presque inadmissible – un second lorgnon. Je dus donc considérer comme fort probable l'hypothèse où elle serait restée dans la maison. Quand je me suis aperçu de la similitude des deux corridors j'ai compris qu'elle avait pu se tromper et qu'elle avait dû entrer dans la chambre du vieux professeur. Je recherchai donc tout ce qui pouvait corroborer cette hypothèse et j'examinai soigneusement la pièce dans le but d'y découvrir une cachette. Le tapis était cloué, l'idée de l'existence d'une trappe devait par là même être écartée. Il pouvait y avoir quelque cachette derrière les livres, ce qui n'est pas rare dans les vieilles bibliothèques. Je remarquai que tous les livres étaient empilés par terre, sauf sur un seul point où pouvait donc se trouver une porte. Je n'avais aucune trace pour me guider, mais la couleur brun foncé du tapis pouvait me venir en aide. J'ai donc fumé un grand nombre de ces excellentes cigarettes en ayant soin de laisser tomber la cendre devant l'endroit suspect. C'était un truc bien simple qui m'a réussi. Je suis ensuite descendu et me suis assuré en votre présence, Watson, sans que vous ayez soupçonné le but de mes questions, que la nourriture du professeur avait augmenté, ce à quoi je devais m'attendre s'il avait une seconde personne à nourrir. Nous sommes alors remontés dans la pièce et en renversant la boîte de cigarettes, j'ai pu voir le tapis de plus près et constater, par l'examen des traces laissées sur la cendre de cigarettes, que notre prisonnière était sortie de sa cachette pendant notre absence. Allons, Hopkins, nous arrivons à Charing-Cross ; je vous félicite du succès de votre affaire. Vous allez sans doute au bureau central… quant à nous, Watson, nous n'avons qu'à nous rendre à l'ambassade de Russie.